1912 - Mars 6

VENTE

DU

Mercredi 6 Mars 1912

HOTEL DROUOT

SALLE N° 9

980 Chambre des Commissaires-Priseurs
Envoi à la Bibliothèque Nationale.

ESTAMPES

ANCIENNES ET MODERNES

Me HENRI BAUDOIN

COMMISSAIRE-PRISEUR

M. GEORGES RAPILLY

EXPERT

CATALOGUE
D'ESTAMPES
ANCIENNES ET MODERNES

RELATIVES A

LA DÉCORATION ET L'ORNEMENT

EAUX-FORTES ET LITHOGRAPHIES

PAR VAN OSTADE, MÉRYON, DELACROIX, FANTIN-LATOUR

VUES DE PARIS ET DES ENVIRONS

DONT LA VENTE AURA LIEU A PARIS

HOTEL DROUOT, SALLE N° 9

Le Mercredi 6 Mars 1912, à 2 heures précises

Par le Ministère de Me **HENRI BAUDOIN**, Commissaire-priseur

Successeur de Me **PAUL CHEVALLIER**

10, RUE DE LA GRANGE-BATELIÈRE, 10

Assisté de **M. GEORGES RAPILLY**

Marchand d'Estampes de la Bibliothèque Nationale

9, QUAI MALAQUAIS, 9

CONDITIONS DE LA VENTE

Elle sera faite au comptant.

Les acquéreurs paieront 10 p. 100 en sus des adjudications.

L'expert remplira les commissions que voudront bien lui confier les amateurs ne pouvant y assister : il se réserve en outre la faculté de diviser ou de rassembler les lots.

MM. les amateurs pourront visiter la collection chez M. Rapilly, quai Malaquais, n° 9, les 1er, 2, 4 et 5 mars, de 2 h. à 5 heures.

L'ordre numérique sera suivi.

A la fin de la vacation il sera vendu quelques lots d'estampes anciennes et modernes.

DÉSIGNATION

AUDRAN (Claude)

1. Les douze mois de l'année. 5 pièces in-fol. (d'une suite de 6) contenant chacune 2 sujets. (*Les mois de novembre et décembre manquent.*)

   Épreuves avec marges. — On y a joint une petite pièce représentant le mois de décembre.

BABEL

2. Cartouches et Fontaines; 5 pièces dessinées et gravées par Babel.

   On y a joint 7 vignettes par ou d'après Eisen, Le Barbier, Cochin, Pineau fils, etc.

BABIN

3. Serrurerie, cahier F. Animaux formant supports d'Armoiries pour couronnement de grilles. 6 pièces, in-8, d'une suite de 10.

BAZIN

4. Elisabeth Charlotte de Bavière, Madame, duchesse d'Orléans. Portrait équestre, gravé par Bazin, 1682, d'après J.-B. Martin. In-fol., en haut.

BELLA (Stef. Della)

5. Raccolta di varii cappricii. *A Paris, chez Pierre Mariette le fils,* 1646, 15 p. — Vases, 8 p. — Trophées, frises, ornements divers, etc. Ens. 48 pièces de divers formats.

BLONDEL

6. Livre Nouveau, ou Règles des Cinq Ordres d'architecture, par J.-B. de Vignole... Enrichi de cartels, culs-de-lampe, d'après Blondel, Cochin, Babel, 1767, 104 pl., en un vol., demi-rel., veau.

BLONDUS (Michel)

7. Manches de Couteaux; 3 petites pièces rares remargées.

On y a joint 4 pièces par Marc Gérard, Collaert et B. Picart.

BOILLOT et SAMBIN

8. Figures de Termes; 51 pièces gravées sur bois ou sur cuivre, extraites de l'ouvrage de Boillot. — Trophées encadrés de 2 fig. de termes, 1 pièce à l'eau-forte attribuée à Sambin.

BONNART (N.)

9. Costumes, sujets allégoriques, portraits des Empereurs romains. 15 pièces petit in-fol.

BOUCHARDON (Edme)

10. Second livre de Vases inventés par Edme Bouchardon, sculpteur du Roy. *A Paris, chez Huquier;* Suite de 12 pièces in-4, gravées par Huquier.

Très belles épreuves à toutes marges.

11. Second livre de Vases (Cahier B). Suite de 12 pièces gravées par Huquier.

Belles épreuves à grandes marges.

12. Cris de Paris. 12 pièces, in-4, sans marge et collées en plein.

BOUCHER (François)

13. Frontispices ornés de figures mythologiques et d'animaux. 2 pièces, in-fol., en haut., gravées par Beauvais et Aubert, d'après Boucher.

14. Diverses Fontaines, 7 pièces; Écran représentant une bergère, 1 p.; Groupes d'enfants, 3 p.; Le Printemps. Ens. 12 pièces, in-4, la plupart sans marge.

BOUCHER fils

15. Recueil de Décoration intérieure et extérieure, par Jules-François Boucher fils. *Paris, Chéreau*, 1774. Petit in-fol., br.

Cette seconde série de l'œuvre de Boucher fils comprend 15 cahiers de 4 pièces chacun désignés par les lettres A à P. Soit 60 pièces gravées par Berthault, de La Gardette, Coupeaux, Richard et Duval.

16. Nouveau livre de Vases. *A Paris, chez la Vve de Fr. Chéreau*. Suite de 7 pièces, petit in-4.

Belles épreuves avec marges, on y a joint une planche (no 216) du *Livre de Meubles*.

BOULLE

17. Meubles et Bronzes. 5 pièces petit in-fol., plus 1 double. Elles manquent de conservation.

BOYVIN (René)

18. Divinités du paganisme. Suite de 16 pièces de panneaux d'ornement (R. D. 119-134).

On y a joint : 2 pièces doubles de la suite précédente, et un vase décoré d'une ronde d'enfants.

BRY (Théodore de)

19. Manches de Couteaux aveques les sermens de la gaine. 3 p. d'une suite de 4, 2 à grandes marges et une rog. — Manches de Couteaux, 3 p. provenant de différentes suites. Ens. 6 pièces in-8.

BRY (Théodore de)

20. Frises sur fonds noirs, 2 pièces et le fragment d'une troisième; Garnitures d'épées et bas de gaines, 2 pièces contenant chacune 2 sujets. Ens. 5 pièces in-8.

Pièces rares, les 2 dernières sont à grandes marges.

CALLIGRAPHIE

21. L'Art d'écrire selon les principes modernes (par Roger, 1770). Album, in-fol., contenant 30 belles feuilles manuscrites de modèles de calligraphie, avec ornements et dessins variés. Rel. veau.

CALLOT (Jacques)

22. Le Triomphe de la Vierge, grande composition allégorique, en haut.; La Grande Foire de Florence, copie par Salomon Savery. 2 pièces, in-fol.

CHAHINE (Edgar)

23. Louise France en buste. Pointe sèche in-fol., en haut.

Très belle épreuve de dédicace, signée, encadrée.

CHOFFARD (P.-P.)

24. Pièce commémorative d'un mariage, 1780, 1 pièce. — Carte d'invitation pour un bal paré et masqué, 1 pièce gravée par Née, d'après Choffart. Ens. 2 p. in-4.

Belles épreuves de pièces rares.

CORNILLE

25. Retables d'autels, Confessionnaux, Alcôves, Bancs d'œuvre, Buffets d'orgues, etc. 21 pièces in-fol., gravées par Monchelet, provenant des cahiers 1 à 4, 6 et 10, de l'œuvre de Cornille.

COROT

26. Paysage d'Italie (L. D. 7). In-4, en larg.

Belle épreuve du 2e état, avec l'adresse de Cadart et Luquet.

COUSINS (Samuel)

27. Her Majesty the Queen with the Princess Royal and the Prince of Wales, d'après Edwin Landseer, 1844. Pièce de forme ronde, gr. in-fol., en haut.

CUVILLIÈS, Père et fils

28. Divers dessins de maisons de plaisance. Plans, élévations, coupes, décorations intérieures, plans de jardin. Album de 40 planches, rel. un volume in-fol. obl., rel. veau.

DEBUCOURT

29. Une Soirée chez Mme Geoffrin, en 1755. Pièce gr. in-fol., en larg., gravée à la manière noire, par Debucourt, d'après Lemonnier.

DELACROIX (Eugène)

30. Cheval sauvage, ou Cheval effrayé sortant de l'eau, lithographié par Eug. Delacroix, 1828 (L. D. 78).

Très belle épreuve avant la lettre, sur papier de Chine.

DELAFOSSE (J.-Ch.)

31. Iconologie, cahier D : portes. *A Paris, chez J.-F. Chéreau*, 6 p. in-fol.

32. Iconologie, 2e recueil, 39 pièces in-fol., gravées par Berthault, Joly, Foin.

Cahiers : CC, Flambeaux, 6 p. — EE, Lutrins et Soleils, 6. p. — FF, Chandeliers d'église, 5 p. — GG, Lampes, Encensoirs et Cassolettes, 6 p. — HH, Chaires, 6 p. — II, Poêles, 4 p. — LL, Vases, Fontaines, 6 p.

DELAFOSSE (J.-Ch.)

33. Trophées d'église, de guerre, de chasse et de pêche, d'amour et de musique. Suite complète de 6 cahiers (marqués NN à SS) de chacun 5 pièces; Ens. 30 pièces in-fol., gravées par Le Canu, Tardieu, Fessard, etc.

Suite de 30 p. la plupart à grandes marges.

34. Trophées, 31 pièces doubles de la série précédente, la plupart remargées.

On y a joint 10 p. isolées provenant des cahiers Y, Z, HH, II et UU de l'Iconologie. Ens. 41 pièces.

35. Recueil de Meubles (3e recueil), 14 pièces isolées provenant de différentes suites, marges inégales. In-fol.

36. Trophées, 2e cahier (planches 2, 3, 4), 3 pièces gravées à la manière du crayon, par Janinet. In-fol.

Pièces fort rares. On y a joint 2 pièces Trophées, 4e cahier, gravées par Voysard et imprimées en sanguine Ens. 5 pièces.

DELAUNE (Étienne)

37. Le second des 2 écrans ou miroirs à main, 1561 (R. D. 315). In-4 en haut.

Belle épreuve d'une pièce rare.

38. Compositions enrichies des divinités de la Fable, 5 p., in-12 de forme ovale (R. D. 359 à 361, 375 et 376).

On y a joint 8 petites pièces de diverses suites. Ens. 13 pièces.

39. Grotesques à fond blanc et à fond noir, 11 pièces de forme rectangulaire, in-12, en haut.

On y a joint 2 petites pièces de forme ovale. Ens. 13 pièces.

DEMARTEAU le Jeune

40. Ornements pour crosses de fusils, 4 pièces in-8 d'une suite de 12.

Belles épreuves avec marges.

DEMARTEAU (GILLES)

41. Études d'anatomie à l'usage des peintres, par Charles Monnet, peintre, et gravées par Demarteau. *A Paris, chez l'auteur*. Suite de 42 planches, dont le titre et l'avertissement, in-fol., obl., cart.

42. Ninette (portrait de Mme Favart), d'après Fr. Boucher. In-4.

    Belle épreuve imprimée en sanguine à toutes marges.

DESSINS

43. Cheminées de style Louis XIII, par Barbet. In-fol.

    10 beaux dessins à la plume, lavés d'encre de Chine.

44. Meubles, panneaux sculptés, décorations d'églises, buffets d'orgue, chaires à prêcher, cheminées, etc. 22 dessins in-fol. et in-4.

    Beaux dessins à la plume, au lavis et à l'aquarelle de l'époque Renaissance et Louis XIII.

45. Vue de l'Ancien Château de Versailles (Cour de marbre), par Van der Meulen. In-fol., en larg.

    Très beau croquis à la mine de plomb, représentant le Château au début du Versailles de Louis XIV.

46. Projet de bassin pour le Parc de Versailles, par Van der Meulen. In-fol., en larg.

    Beau dessin au crayon sur papier bleu.

47. Projet de décoration pour le Parc de Versailles, par Van der Meulen. In-fol. en larg.

    Beau dessin à la plume.

48. Vues du Château de Fontainebleau, par Van der Meulen. 2 pièces in-fol., en larg.

    Curieux croquis à la mine de plomb.

49. Poupe du vaisseau *Le Dauphin Royal*. Belle composition animée de nombreux personnages. In-fol., en larg.

    Très beau dessin à la plume, lavé à l'encre de Chine (attribué à Ozanne).

*

DESSINS

50. Croquis pour le Jugement dernier de Michel-Ange, Gr. in-fol., en larg.

Dessin à la plume collé sur carton.

51. Album de dessins, croquis et calques, reproduisant des monuments et des sculptures d'après l'Antique et la Renaissance, des meubles et décorations du 1er empire, etc. Album in-fol., cart.

52. Modèles de voitures et omnibus dessinés par Ch. Scott, 1840.

9 dessins au lavis et à l'aquarelle.

53. Vue d'un entrepôt au bord d'un canal, par Justin Ouvrié.

Beau dessin à l'aquarelle, signé et daté 1834. Encadré.

54. Vue intérieure de l'Exposition de Londres, en 1851, par Nolau.

Dessin à l'aquarelle, encadré.

DIETTERLIN

55. Architectura Ausztheilung Symettria und Proportion der Fünff Seulen. *Nuremberg*, 1598, petit in-fol., 209 planches gravées à l'eau-forte, maroq. brun, fil., dos orné, doublé de maroq. rouge, tr. dorée (*Gruel*).

Bel exemplaire, le titre et le portrait sont remargés.

DU CERCEAU (Androuet)

56. Vues d'Optique, 1551. 21 pièces de forme ronde.

Belles épreuves avec marges.

57. Petits Temples, 2 pièces; Ruines romaines, 12 p.; Arcs romains, 3 p.; Puits, 2 pièces. Ens. 19 pièces de divers formats.

58. Petites arabesques, 32 pièces. — Grandes arabesques et cartouches, 10 p. Ens. 42 pièces la plupart rog.

DU CERCEAU (Androuet)

59. Fonds de coupes. 2 pièces de forme ronde.

Belles épreuves de pièces fort rares.

60. Meuble, 1 p. — Vase, 1 p. — Fond de coupe, 1 p. — Marqueterie, 2 p. — Ens. 5 pièces, dont 1 de forme ronde.

DUGOURC (I.-D.)

61. Arabesques inventées et gravées par Jean Denis Dugourc. *A Paris, chez Chéreau*, 1782, suite de 6 pièces, petit in-4.

DUPLESSIS

62. Première (et deuxième) suite de vases composés par Duplessis fils. *A Paris, chez l'auteur*, 12 pièces petit in-fol., dont 3 doubles; marges inégales.

DURER (Albert)

63. Six ronds qui offrent des dessins de broderie, en blanc sur un fond noir (B. 140-145), 5 pièces d'une suite de 6 planches connues sous le nom de *Dédales*. Gravures sur bois.

Belles épreuves de pièces rares. Collection Lanna. La 5e (B. 144) manque.

64. Alberti Dvreri clarissimi pictoris et Geometrae de Symmetria partium humanorum corporum Libri quatuor, è Germanica lingua in Latinam versi. *Parisiis*, 1557, in-fol., veau, tr. rouge.

65. La Passione de N. S. Giesv Christo d'Alberto Dvrero di Norimberga. *In Venetia*, 1612, petit in-4, maroq. vert, dos orné, tr. dorée.

37 gravures sur bois, par Albert Durer, connues sous le nom de *Petite Passion*.

DUVAL (Marc)

66. L'Été et l'Hiver, 2 panneaux grotesques. Petit in-4, en haut.

Belles épreuves de pièces rares.

EDELINCK

67. Jean Charles Parent, portrait en buste, gravé par Edelinck, d'après Tortebat (R. D. 287). In-fol., en haut.

Superbe épreuve avant l'adresse de l'éditeur. Marges.

FANTIN-LATOUR (H.)

68. A Rossini (G. H. 100). In-fol. en larg.

Très belle épreuve sur Japon pelure avec dédicace.

69. Vénus et l'Amour, 2e planche (124). Petit in-fol., en larg.

Superbe et fort rare épreuve de 1er état (tirée à 2 exemplaires).

70. Baigneuses (moyenne planche) (G. H. 125). In-fol. en larg.

Superbe épreuve d'essai du 2e état.

71. Évocation de Kundry (4e pl.) (142). In-fol. en larg.

Belle épreuve sur papier du Japon signée et datée 1897.

72. Les Brodeuses, 3e pl. (143). Petit in-4, en larg.

Belle épreuve sur papier de Chine.

73. Vénus Anadyomène (144). In-fol. en haut.

Très belle épreuve signée.

74. La Vérité (156). Petit in-4, en haut.

Belle épreuve sur Chine, signée.

75. Le Paradis et la Peri, début, 3e pl. (157). Petit in-fol. en haut.

Très belle épreuve du 2e état sur Japon.

76. Centenaire H. Berlioz (175). In-fol. en haut.

Très belle épreuve sur Chine avec dédicace.

FORTUNY

77. Arabe veillant le corps de son ami; Kabyle mort; Famille marocaine; La Victoire; Tireuse de cartes; Arabe assis; Mendiant. 7 eaux-fortes de différents formats, publiées par Goupil.

FORTY (JEAN-FRANÇOIS)

78. Projet de deux toilettes, représentant toutes les pièces qui en dépendent, ornées de figures, de sujets allégoriques et des attributs qui leur sont propres, inventé et dessiné par J.-F. Forty. *A Paris, chez l'auteur*. In-fol. en ff.

11 pièces d'une suite de 12 (le n° 1 manque).
Épreuves remargées, les pièces 10 et 11 sont rognées.

79. Projet de deux toilettes, 6 pièces doubles de la suite précédente, nos 3, 4, 5, 6 et 9.

Épreuves remargées. Les nos 4 et 9 sont rognés; le n° 5 est double.

80. Œuvres d'orfèvrerie inventées par J.-F. Forty, dessinateur. *A Paris, chez l'auteur*. In-fol.

18 pièces, dont 12 donnent de riches modèles d'orfèvrerie religieuse; calices et ciboires; les 6 autres donnent des modèles de flambeaux de table. — Plusieurs pièces sont remargées.

81. Œuvres d'orfèvrerie, 11 pièces doubles de la série précédente. In-fol., marges inégales.

82. Cahier de vases inventés et dessinés par Forty et gravés par Laurent. *A Paris, chez Jean et chez Isabey*. In-fol.

11 pièces imprimées en noir ou en sanguine nos 1 à 9. et 11 et 12).
Pièces fort rares, marges inégales.

83. Cahier de vases, 7 pièces doubles de la série précédente (nos 1 à 6, et 8).

Belles épreuves imprimées en noir ou en sanguine.

84. Cahier de vases, 3 pièces (nos 2, 3, 4).

On y a joint une des Œuvres de Sculpture en bronze représentant un cartel.
Ens. 4 p.

GÉRARD (Marc)

85. Panneaux d'ornement ornés de figures d'hommes et d'oiseaux enlacés de rinceaux. *Phil. Galle, exc.* Suite de 8 pièces, in-12, remargées.

Belles épreuves d'une suite rare, on y a joint 4 pièces, figures allégoriques, dans des encadrements ornés. Ens. 12 p.

GERMAIN (Pierre)

86. Livre d'Ornemens composés par Pierre Germain, marchand orfèvre, joayllier. *A Paris, chez l'auteur,* 1751, in-4 obl., cart.

8 pièces d'une suite de 10 (les nos 5 et 10 manquent). Très belles épreuves, avec marges, d'une suite fort rare. On y a joint 2 pièces doubles.

GIRARD

87. Second Livre de Leçons d'Ornemens dans le goût du crayon. *A Paris, chez Demarteau,* 5 pièces (d'une suite de 6) gravées par Demarteau l'aîné.

Très belles épreuves imprimées en sanguine et à toutes marges.

GOYA (Francisco)

88. Les Caprices, suite de 80 eaux-fortes, in-4, en ff. dans un carton.

Belles épreuves d'ancien tirage, imprimées sur papier vergé, à toutes marges.

89. Les Malheurs de la Guerre. Suite de 80 eaux-fortes, in-4, en larg., en ff., dans un carton.

Belles épreuves avec marges.

HOLBEIN (Hans)

90. Imagines mortis... *Lugduni, sub scuto coloniensi,* 1545, in-12, vélin blanc.

Illustré de 41 gravures sur bois d'après les dessins d'Holbein.

HUBERT-ROBERT

91. Monuments de Paris; Ruines romaines; 2 pièces, in-fol., en larg., gravées par Carrey et Liénard, d'après les peintures d'Hubert-Robert.

HUET (J.-B.)

92. Modèle d'un lit exécuté pour Mgr le Dauphin, panneaux, frises, arabesques, 5 pièces gravées par Demarteau et Bonnet.

Pièces rares imprimées en sanguine.

On y a joint une pièce de Christ. Huet représentant un singe peignant.

HUQUIER

93. Panneaux décoratifs dans le goût chinois, 3 pièces, in-fol., en haut.

On y a joint une pièce gravée par Huquier représentant un vase chinois orné de fleurs.

JANINET

94. Vue des Environs de Paris, d'après Moreau.

Épreuve imprimée en couleurs, sous verre.

JARDINS

95. Vues des jardins, bosquets et cascades de Versailles, Trianon et Clagny. 32 pièces in-4, éditées par de Lespine, cart.

96. Plans des plus beaux jardins pittoresques de France, d'Angleterre et d'Allemagne, par Krafft. 2e partie, 1810, 96 planches avec texte explicatif, en 1 vol. in-4, obl., cart.

LA JOUE

97. Livre d'Architecture, paysages et perspectives, par J. de La Joue, peintre du Roy, 3e partie. *A Paris, chez Huquier*, 9 pièces, in-fol., en larg., d'une suite de 12.

Très belles épreuves à grandes marges. Les nos 6, 8 et 10 manquent.

LA JOUE

98. Les Forces mouvantes, gravé par Tardieu, d'après La Joue. In-fol., en larg.

Belle épreuve avec marges.

99. Livre de Cartouches, livre de Buffets, 17 pièces in-4 (plusieurs doubles), gravées par Huquier et provenant de différentes suites.

LALONDE (DE)

100. Œuvres diverses de Lalonde, décorateur et dessinateur, contenant un grand nombre de dessins pour la décoration intérieure des appartements. à l'usage de la peinture et de la sculpture en ornement, des meubles du plus nouveau goût, des pièces d'orfèvrerie et de serrurerie, etc. *A Paris, chez Chéreau*, s. d., petit in-fol., demi-chag. grenat, coins (Rel. moderne).

Titre orné et 132 pièces gravées par Foin, Berthault, de Saint-Morien, etc., divisées en 22 cahiers, donnant de charmants modèles de bordures de cadres, tables, consoles, girandoles, lustres, vases, cheminées, plafonds, pièces d'orfèvrerie, boites, tabatières, bijouterie, etc.

101. Deuxième Cahier de Meubles et d'Ébénisteries, dessiné par Lalonde. Suite de 6 pièces gravées par de Saint-Morien. In-fol., en larg.

Belles épreuves à toutes marges.
On y a joint 16 pièces : orfèvrerie, meubles, plafonds, devantures de boutiques, etc. (Plusieurs sont en mauvais état). Ens. 22 pièces.

LAMOUR (JEAN)

102. Dessins des grandes Grilles posées sur la place royale de Nancy, en 1755, par ordre de S. M. le Roy de Pologne, 3 pièces, grand in-fol., gravées par Collin.

LE BRUN (Charles)

103. Divers dessins de Décorations de Pavillons, inventez par M. Le Brun, premier peintre du Roy. *Paris*, *Edelinck*, s. d. In-fol., demi-rel.

13 pièces reproduisant les Pavillons de Marly. Le titre manque.

104. La petite Galerie du Louvre (Galerie d'Apollon), 13 grandes pièces gravées par Saint-André, assemblées et collées sur carton.

On y a joint 10 p. : plafonds et panneaux de décoration d'après Le Brun et Annibal Carrache.

LE GEAY

105. Vases, Tombeaux, ruines, fontaines. 23 pièces in-4, dessinées et gravées par Le Geay, 1767, dont quelques doubles.

LEVACHER

106. Entrée des puissances alliées dans Paris par la Porte St-Martin, le 31 mars 1814, gravé par Levacher, d'après Pécheux. In-fol., en larg.

Belle épreuve en couleurs, collée en plein.

LITHOGRAPHIES COLORIÉES

107. Une jeune Mère; une jeune Veuve; je dois l'oublier. 3 lithographies, par Desmaisons, d'après Sir Thomas Lawrence. In-fol., en haut.

Très belles épreuves coloriées.

108. Buste d'une jeune femme coiffée d'une toque ornée de plumes, lithographié par Grevedon. In-fol., en haut.

Très belle épreuve coloriée.
On y a joint un portrait de Lady Hamilton, d'après Th. Lawrence.

109. Femmes nues, 3 lithographies par Devéria; Les Amis d'enfance, par Lafosse, d'après Landseer; Jours heureux, par Derancourt. 5 pièces.

Très belles épreuves soigneusement coloriées.

MARILLIER

110. Différents vases de table, chandeliers d'autel; 2 pièces in-4, extraites du recueil d'orfèvrerie.

MAROT (Daniel)

111. Plafonds, cheminées, décorations d'escalier. 16 pièces, in-fol.

112. La Grande Salle d'audience de La Haye, ou les Seigneurs États-Généraux des Provinces-Unies, reçoivent les Ambassadeurs et tiennent leurs Assemblées. Pièce gr. in-fol., en larg., dessinée et gravée, par Daniel Marot.

MEISSONNIER (J.-A.)

113. Croix d'autel; lampe d'église (nos 79 et 83). 2 pièces, in-fol., gravées par Huquier.

MÉRYON (Charles)

114. L'Arche du Pont Notre-Dame. 1853 (L. D. 25). Petit in-4, en larg.

Belle épreuve avant le titre et avant les initiales C. M. (3e état), petites marges.

115. Le Petit Pont (24). Petit in-fol., en haut.

Très belle épreuve avant la lettre et avec des essais de pointe dans la marge (3e état), avec marge.

116. Tourelle de la rue de la Tixéranderie (29). Petit in-fol. en haut.

Superbe épreuve avant la lettre, mais avec les initiales C. M. (2e état) sur *papier verdâtre*, avec marges. Cachet de collection dans la marge du bas.

117. Saint-Étienne du Mont (30). Petit in-fol. en haut.

Très belle épreuve du 5e des 8 états, sur papier de Chine et avec marges.

118. La Pompe Notre-Dame (31). Petit in-fol., en larg.

Belle épreuve avant la lettre, mais avec la date 1852.

MÉRYON (Charles)

119. La Morgue (36). In-4, en haut.

Très belle épreuve avant le titre, mais avec le nom et l'adresse de Méryon ainsi que la date (4e état).

120. Collège Henri IV, ou Lycée Napoléon, 1864 (43). In-fol. en larg.

Belle épreuve sur papier de Chine à grandes marges.

121. Le Grand Chatelet vers 1780, d'après un dessin du temps (52). Petit in-fol., en larg.

Belle épreuve à toutes marges.

MEYER (Daniel)

122. L'Architecture, ou la démonstration de toutes sortes d'ornements es Portes, Fenestres, Planchés, etc... 1659, titre et 50 planches gravés à l'eau-forte, montés en un vol. in-fol., demi-chagr. brun.

NATIVELLE

123. Ordres d'Architecture, portes cochères, plans et élévations de maisons, palais, églises. Environ 100 planches, in-fol., gravées sur cuivre, par Hérisset.

NILSON (J.-J.)

124. Cartouches modernes accompagnés par des enfants qui représentent les Modes d'Augsbourg. Suite complète de 12 p. petit in-fol., en larg.

Belles épreuves de 1er tirage, avec marges.

On y a joint 13 pièces du même auteur : cartouches, frontispices, ornements divers.

ORNEMENTS

125. Recueil d'Antiquités romaines, ou voyage d'Italie, composé de 60 planches dans lequel on trouve divers vases, autels, trépieds, arabesques et autres sujets. *A Paris, chez Basan*, in-4, br.

ORNEMENTS

126. Recueil factice de pièces d'Ornement et de Décoration : plafonds, cheminées, alcôves, vases, orfèvrerie, broderie, cartouches, portes cochères, chaires à prêcher, jardins, bosquets, parterres de broderie, treillages, etc., 172 pièces par Jean et Pierre Le Pautre, Cotelle, La Guertière, Francard, Pineau, Masson, etc., en 1 vol. in-4 oblong. demi-rel., dos et coins de chag. brun.

Très intéressant recueil de pièces, éditées par Langlois et par Mariette, en bon état de conservation et à grandes marges.

On y remarque les séries suivantes :

Cotelle, Plafonds, suite complète de 22 p. — La Guertière, 17 p. — Masson, modèles d'orfèvrerie, suite complète de 6 pièces. — Le Pautre, fontaines, vases, cheminées et alcôves, 38 p. — Pineau, Broderies de lits et cartouches, 12 pièces. — P. et A. Du Cerceau, Feuillages, 8 p. — Francard, portes cochères, 6 p. — Parterres de broderie, bosquets, treillages, escaliers de jardins, 50 pièces par et d'après Le Nôtre, Le Blond, Le Pautre, Bouticourt, Touchar.

127. Modèles de décoration intérieure et meubles de l'école allemande de la fin du XVIIIe siècle, 30 pièces coloriées, extraites du journal intitulé : *Magazin fur Freunde des guten Geschmacks*, 1797.

128. Ornements divers et compositions décoratives; 60 pièces anciennes et modernes par ou d'après Jost Amman, Dietterlin, Le Pautre, etc.

129. Compositions décoratives, meubles, décorations intérieures, frises, etc. 35 pièces par Lafage, Duval, Pineau, Neufforge, Le Moyne, Le Pautre, Moitte, etc.

130. Trophées et Cartouches, par Dumont le Romain, Salembier, Pariset, etc. 25 pièces, dont 1 dessin à l'aquarelle.

131. Orfèvrerie anglaise; 40 petites pièces donnant des modèles de flambeaux, vases, théières, huiliers, etc.

ORNEMENTS

132. Trophées, dessus de portes, cartels, arabesques et décoration, etc. 25 pièces par Toro, Lalonde, Berthelot, etc.

133. Fleurs et Ornements, 7 pièces gravées par Demarteau l'aîné, Janinet, Chevillet, d'après Tessier, Prévost le jeune, Sarazin; 3 sont imprimées en sanguine.

134. Vases; 32 pièces par et d'après Beauvais, Bouchardon, Jacque. In-4 et petit in-fol.

135. Vases; environ 125 pièces par ou d'après Percenet, La Rue, Petitot, Moithey, etc.

ORSCHWILLER (D')

136. La Forêt, sites pittoresques avec groupes d'animaux, composés et lithographiés au lavis, par d'Orschwiller. Suite de 6 pièces, in-fol., en larg., dans la couverture de publication.

OSTADE (ADRIEN VAN)

137. Le Vielleur, 1647 (D. 8). In-8, en haut.
Très belle épreuve.

138. Le Fumeur à la fenêtre (D. 10). In-4, en haut.
Très belle épreuve, petites marges.

139. La Tendresse champêtre (D. 11). In-4, en haut.
Très belle épreuve, petites marges. Collection Lanna.

140. La Poupée demandée, 1678. (D. 16). In-8, en haut.
Belle épreuve.

141. Le coup de Couteau, 1653. (D. 18). In-4, en larg.
Belle épreuve, petites marges. Collection Lanna.

142. La Grange, 1647. (D. 23). In-4, en larg.
Très belle épreuve du 3e des 6 états, avec la bordure fine. Collection Lanna.

OSTADE (Adrien van)

143. Les Pêcheurs (D. 26). In-4, en larg.

Superbe épreuve avec marges. Collections Liphart et Lanna.

144. Le Benedicite, 1653 (D. 34).

Très belle épreuve du 2e état. Collection Liphart.

145. Un Peintre (D. 32). In-4, en haut.

Très belle épreuve.

146. Le Goûter (D. 50). Petit in-fol., en larg.

Très belle épreuve, avant différents travaux, sans aucune marge.

OSTADE (D'après A. van).

147. Le Café Hollandois; Le Jeu de Courte Boule. 2 pièces, in-fol., gravées par Beauvarlet et Benazech.

Belles épreuves, la première à grandes marges.

PAPIER BLANC

148. Album de papier vergé XVIIIe siècle (format 50 × 62), 175 feuilles en un vol. gr. in-fol., demi-rel. veau, plats de parchemin.

PARIS

149. Plan détaillé de la Cité, par l'abbé Delagrive, 1754, gr. in-fol., en larg.

150. Description historique de Paris et de ses plus beaux monuments, par Béguillet. *Paris*, 1779, 3 vol. in-8, ornés de gravures, par Martinet, demi-rel.

151. Vues de Paris, éditées par les Campions frères. 8 pièces de forme ronde (nos 8, 19, 22, 28, 50, 75, 88, 29).

Belles épreuves imprimées en couleurs, avec marges.

PARIS

152. Plan, élévations et coupes de la Bastille; Vue du Champ de Mars le 14 juilet 1790; Projet pour l'Hôtel des Monnaies; Portails de Notre-Dame, de Saint-Eustache et de Saint-Sulpice; Fontaine de la rue de Grenelle; Portes Saint-Antoine, Saint-Bernard; Façade de l'Hôtel de Ville; Vue générale du Pont-Neuf, etc. 18 pièces in-fol., gravées par Ransonette, Giraud, Pouleau, de Poilly, Babel, Aveline, Dequevauviller, etc.

153. Façade de l'église de la Madeleine, à Paris, dessin au lavis, par J.-A. Léveil. In-fol., en larg.

154. Arc de Triomphe de l'Étoile. Travaux exécutés vers 1829, par Thierry. 14 dessins au lavis et à l'aquarelle, donnant aussi divers projets de décorations du monument, par Huyot et Chalgrin.

155. Vue de la Fontaine de l'Éléphant, prise du boulevard Saint-Antoine, dessinée par E. Dubois, 1823, d'après Alavoine. In-fol., en larg.

Beau dessin à l'aquarelle très curieux pour l'histoire de Paris.

On y a joint 2 eaux-fortes, dont 1 en couleurs, gravée par Alavoine, d'après ce monument, et une lithographie coloriée représentant la place de la Bastille.

156. Maison dite de François Ier, transportée de Moret à Paris, en 1826, aux Champs-Élysées. Plans, élévations, détails de sculpture et de décoration. Environ 30 pièces : dessins, calques, lithographies, gravures, photographies de divers formats.

157. Projets de monuments et de constructions divers pour la Ville de Paris, par H. Horeau : Halles centrales; Square Saint-Eustache; Église place Malesherbes; Décorations pour la place de la Concorde. Environ 20 pièces : dessins, gravures, brochures, photographies, de divers formats, dont le portrait de M. Horeau.

158. Plan, élévation et détails de décorations de la galerie Colbert, à Paris. 4 dessins à l'aquarelle.

ENVIRONS DE PARIS

159. Vue du château de Madrid et du pavillon de Bagatelle, gravée par Saugrain, 1783, d'après L. G. Moreau; Plan du bois de Boulogne, par N. de Fer, 1703; Plan de la route de Paris à Saint-Germain, depuis la place Louis XV jusqu'au haut de la Butte de Chante-Coq, gravé par Tardieu. 3 pièces, in-fol.

160. Nouveau plan de Versailles, par Contant de la Motte, 1783. A Versailles, *chez Blaizot*, gr. in-fol.
Belle épreuve avec marges.

161. Plans des châteaux et parcs de Versailles et Trianon; Vues du château et du jardin de Versailles; Château de Trianon du côté des jardins. 12 pièces anciennes, par Girard, Le Rouge; N. de Fer, l'abbé Delagrive, Demortain, Le Pautre, etc.

162. Vues des château et parc de Versailles, 8 pièces dessinées et gravées par Israël Silvestre, Le Pautre et Chastillon, 1664-1684. Gr. in-fol.

163. Plans des palais et parcs de Versailles et de Trianon. 15 pièces par de Fer, Le Rouge, Israël Silvestre, Lapointe, Girard, Naudin, Demortain, Pierre Le Pautre.

164. Plans et vues de la ville, du château et du parc de Versailles et Trianon. 20 pièces, la plupart modernes.

165. Plans et vues des château et parc de Marly et de la Machine. 12 pièces par Le Rouge, Demortain, P. Le Pautre, Perelle, etc.

166. Fontainebleau, plans et vues perspectives de la ville, de la forêt et du château. 14 pièces anciennes et modernes.

167. Vues et plans des châteaux et jardins de Saint-Cloud, Sceaux, Monceaux, Vincennes, Écouen. 7 pièces, in-fol., gravées par I. Silvestre, Brissart, Champin, etc.

PETITOT

168. Troisième suite de Vases composés par Petitot. *A Paris, chez Basan*, 9 pièces in-4 (sur 12) gravées par Boucher.

Belles épreuves à toutes marges.

On y a joint un Frontispice gravé par Bossi, d'après Petitot.

PHILIPON (Charles)

169. Omnibus et autres voitures, par terre et par eau, de différents pays. Paris, *Ostervald*. Suite de 8 pièces coloriées, lithographiées par Ducarme, Julien et Wattier, avec la couv. impr.

Belles épreuves à toutes marges.

PIÈCES HISTORIQUES

170. Revue de la Maison du Roy au trou d'Enfer. Pièce gr. in-fol., en larg., gravée par Le Bas, d'après Le Paon.

171. Mort de d'Assas, en octobre 1760, près de Closter-camp, sur le Bas-Rhin. — La valeur récompensée à la prise de la Grenade, le 4 juillet 1779. 2 pièces gr. in-fol., en larg., gravées par P. Laurent, d'après Casanova et Demarne.

172. The Memorable Adress of Lewis the sixteenth, at the Bar of the National Convention. Pièce gr. in-fol., en larg., gravée par Schiavonetti, d'après W. Miller, 1796.

Très belle épreuve à toutes marges.

173. Passage du grand Saint Bernard effectué par l'armée de réserve, le 24 floréal an 8 de la République (le 14 mai 1800). Pièce gr. in-fol., gravée à la manière noire, par Muller et Helland, en larg.

174. Famille impériale de Napoléon Ier, Empereur des Français; Famille Impériale de Joséphine, Impératrice. 2 pièces, in-fol., contenant 12 portraits en médaillons, dans des compositions allégoriques.

Épreuves coloriées.

PILLEMENT

175. Sujets chinois, fleurs et décoration, 8 pièces provenant de différentes suites.

PRIMATICE (D'après le)

176. Galerie des Peintures qui sont dans la Salle du Bal à Fontainebleau, peinte par St Martin de Bologne, commencées sous le règne de François premier, et achevées sous celui de Henry Second. 13 pièces d'une suite de 15, gravées par Alex. Betou, d'après les peintures du Primatice, montées en 1 vol. in-fol. demi-chag. brun.

RANSON

177. Cinquième cahier de Trophées, dessinés par Ranson et gravés par Juillet. *A Paris, chez la vve Avaulez*, suite de 6 pièces petit in-fol.

Épreuves imprimées en bistre, avec petites marges.

On y a joint 21 p. diverses gravées par Berthault et Juillet, d'après Ranson. 3 de ces pièces sont de la suite des lits. Ens. 27 pièces.

REYNOLDS (D'après Sir Joshua)

178. The Duke of York, gravé par John Jones, 1790. Portrait en pied, in-fol. en haut.

RIGAUD (J.)

179. Vues des Châteaux de France. Recueil factice de 85 planches d'après Rigaud, Le Pautre, Cotelle, donnant les vues des châteaux et jardins de Versailles, Bellevue, Marly, Chantilly, Fontainebleau, etc. (Tirage moderne.) In-fol., demi-rel.

ROPS (Félicien)

180. Maturité. In-4, en haut.

Belle épreuve sur papier du Japon.

ROUMIER

181. Livre de plusieurs coins de Bordures, inventés et gravés par François Roumier, sculpteur du Roy. *A Paris, chez Charpentier*, 1750, 4 pièces d'une suite de 7.

Pièces rares, 3 sont remargées.
On y a joint un double du n° 2. Ens. 5 pièces.

SAINT-NON (L'abbé DE)

182. Paysages avec ruines gravés à l'eau-forte ou à la manière du lavis, d'après Fragonard, 2 p. — Titre du Recueil de Griffonnis, 1 p. — Ens. 3 p. in-fol.

SALEMBIER

183. Cahier de Frises composées et gravées par Salembier. — Cahier d'Arabesques composées et gravées par Salembier. *A Paris, chez Chéreau*, in-fol., en ff.

2 suites complètes de chacune 6 pièces.

184. Trophée des Arts — Trophée de Musique, 2 pièces, in-4, gravées par Bonnet.

Belles épreuves à toutes marges.
On y a joint 2 pièces frises (3e cahier) gravées par Juillet, et imprimées en sanguine.

185. Tombeaux, 3 pièces du 4e cahier gravées par Juillet; Ornements, 3 pièces gravées à la manière du crayon, par Bonnet, et imprimées en sanguine. Ens. 6 pièces in-fol.

On y a joint un dessin à la sanguine représentant une feuille d'acanthe.

SALVIATI

186. Manches de couteaux. *Marco Sadeler excudit*, 2 pièces numérotées 11 et 12, contenant chacune 2 motifs.

Belles épreuves de pièces rares avec marges sur 3 côtés.

SALY

187. Vases, 1746. Titre et 27 pièces d'une suite de 30. In-4.
Belles épreuves remargées.

SCHAUFFELEIN

188. Les Danseurs des Noces (B. 103), 13 pièces, d'une suite de 20, gravées sur bois. Petit in-fol., en haut.
Belles épreuves.

SÈVE (DE)

189. Livre de culs-de-lampe et Groupe d'enfants. *A Paris, chez Mondhare*, 6 pièces, dont 2 titres.

SILVESTRE (ISRAËL)

190. Vues d'Italie, 14 pièces, la plupart de forme ronde.
Belles épreuves.

TÉNIERS (D'après DAVID)

191. Réjouissances flamandes: la Fileuse flamande. 2 pièces gravées par Le Bas et Surugue. In-fol., en larg.

TOPOGRAPHIE

192. Plan de la Ville de Toulouse, 1777, par Saget; plan de la Ville de Rouen, 1724, par N. de Fer; vue perspective de la Ville de Reims, par E. Moreau. 3 pièces, in-fol.

193. Bâtiments et Grilles ornant la Place Royale de Nancy; Vue des Bâtiments de la Place Royale et du Grand Théâtre de Bordeaux. 6 pièces, in-fol., gravées par Patte, Collins et Le Rouge.

194. Vues de Thèbes, Luxor et du Caire. 4 pièces gravées par Hémely, d'après Hector Horeau. In-fol.
Très belles épreuves soigneusement coloriées.

TOPOGRAPHIE

195. Grand Théâtre de St Petersbourg, au 1er février 1826, avec l'indication des opérations faites depuis l'incendie de 1810. Plan, façade et coupe. 3 dessins au lavis et à l'aquarelle, gr. in-fol., en larg.

TORO

196. Trophées, panneaux, cartouches. 6 pièces gravées par Cochin, provenant de différentes suites.

VAN DYCK (Antoine)

197. Icones principum virorum doctorum... *Antverpiae, Gillis Hendrix*, titre et 108 portraits, gravés à l'eau-forte, par ou d'après Van Dyck, en 1 vol. in-fol., rel. veau.

Belles épreuves avec marges; 16 de ces portraits sont des eaux-fortes originales de Van Dyck.

VAN NEROCK (Louis)

198. Nouveau livre de Cartouches. *A Paris, chez Jacques Chéreau*, 4 pièces, in-fol., gravées par Tardieu.

Belles épreuves à toutes marges non citées par Guilmard.

VERNET (D'après Carl)

199. Chacun son tour; Inutile précaution. 2 pièces, in-8, réduction des estampes de Debucourt portant le même titre.

Belles épreuves imprimées en couleurs.

VICO (Enée)

200 Trophées. 1550, 14 pièces in-4 d'une suite de 16.

On y a joint 7 pièces doubles de la suite précédente. Ens. 21 p.

VINSAC

201. Modèles d'Orfèvrerie, bouts de table et salières, 6e et 7e cahiers de chacun 4 pièces.

Belles épreuves imprimées en bistre, avec marges.

VINSAC

202. Chandeliers, huilier; 3 pièces des 3e et 8e cahiers.
Épreuves imprimées en bistre, sans marges.

VRIESE (Vredeman de)

203. Trophées d'Armes; 14 pièces d'une suite de 16.
Epreuves remargées. On y a joint 3 pièces doubles.

204. Ordres d'Architecture; décorations de façades et de colonnes; ornements divers. 1565, 44 pièces gravées par Vriedmann de Vriese, en 1 vol., in-fol., oblong, demi-rel.

WATTEAU (Antoine)

205. Livre nouveau de différents Trophées, inventés par A. Watteau et gravés par Huquier. Titre et 10 pièces, in-4, d'une suite de 12.
Belles épreuves avec marges.

206. Livre nouveau de différents Trophées, inventés par A. Watteau et gravés par Huquier, 11 pièces in-4, d'une suite de 12 (le n° 8 manque).

207. L'Heureuse Rencontre, panneau décoratif gravé par Huquier. In-fol. en larg.
Belle épreuve avec marges.

208. Costumes chinois; 5 pièces in-4, dont 4 à toutes marges.
On y a joint un modèle d'écran intitulé le Goût, et 1 pièce gravée par Desplace, intitulée la Peinture. Ensemble 7 pièces.

ESTAMPES EN LOTS

209. Sous ce numéro, il sera vendu par lots environ 500 pièces anciennes et modernes : eaux-fortes, lithographies, etc.

Paris. — Typ. Ph. Renouard, 19, rue des Saints-Pères. — 50984.

www.ingramcontent.com/pod-product-compliance
Ingram Content Group UK Ltd.
Pitfield, Milton Keynes, MK11 3LW, UK
UKHW021108270726
13993UKWH00006B/1988

9 782329 435510